E. J. Loewenthal

Robert Blum

Trauerspiel in drei Akten

E. J. Loewenthal
Robert Blum
Trauerspiel in drei Akten
ISBN/EAN: 9783743365193

Hergestellt in Europa, USA, Kanada, Australien, Japan

Cover: Foto ©Andreas Hilbeck / pixelio.de

Manufactured and distributed by brebook publishing software (www.brebook.com)

E. J. Loewenthal

Robert Blum

Robert Blum.

Trauerspiel in drei Akten

von

Dr. E. J. Loewenthal

New York:
In Commission bei Gustav E. Stechert,
766 Broadway.

Dr. E. J. LOEWENTHAL,

Personen:

Robert Blum.
Präsident des Reichsministeriums, ein Oesterreicher.
Fürst Windischgrätz, österreichischer Feldmarschall.
Jelineck, Redakteur des Blattes „Der Radikale" in Wien.
Sekretär des Reichsministers.
Adjutant des Feldmarschalls.
Bürgermeister von Wien.
Vereins-Delegat.
Pater aus einem Kloster.
Marie, ein Dorfmädchen.
Vater der Marie.
Mutter Jelineck's.
Erster, zweiter, dritter und vierter Arbeiter.
Major, Präsident } des Kriegsgerichtes.
Auditor
Oesterreichischer Lieutenant.
Erster } Kroat.
Zweiter

Profos, Arbeiter, Bürger, Volksbewaffnete, Soldaten.

Ort der Handlung:

Der erste Akt spielt in Frankfurt am Main, der zweite und dritte vor und in Wien.

Erster Act.

Erster Auftritt.

(Demokratische Versammlung, meistens von Arbeitern, auf einem freien Platz vor einem Gasthofe.)

Erster Arbeiter.

Ich habe mein Vertrauen auf das Gelingen der Revolution mehr als halb bereits verloren.

Zweiter Arbeiter.

Wie so? Wenn die Linke des Parlaments jetzt noch den Muth hat, sich als die oberste Regierung des geeinigten Deutschland zu erklären, kann Alles noch gut werden.

Dritter Arbeiter.

Ja wenn, — eine Revolution muß warm genossen werden wie die Suppe. Gleich im März hätte man mit den verschiedentlichen Fürsten aufräumen sollen, und zur Noth meinetwegen einen Kaiser einsetzen.

Vierter Arbeiter.

Ja, ja, es hätte auf einen Ruck ein Deutsches Reich dastehen müssen.

Erster Arbeiter.

Jetzt ist das Parlament schon mehr als drei Monate in Sitzung — und Parlament, Reichsverweser und seine Herren Minister rühren sich nicht vom Fleck.

Dritter Arbeiter.

Freilich rühren sie sich vom Fleck, aber rückwärts. Die Könige und Groß- und Kleinherzöge kriechen schon wieder aus ihren Verstecken wie die Fledermäuse in der Dämmerung.

Erster Arbeiter.

Und der Preußenkönig flattert Allen voran. Gewährt da zu Malmoe dem Dänen einen Waffenstillstand, gleich nachdem er ihn gründlich geschlagen hat, und läßt Schleswig-Holstein, das doch zu uns gehört und zu uns will, in der Luft hängen.

Dritter Arbeiter.

Und kümmert sich den — um Reichsgewalt und Parlament.

Vierter Arbeiter.

Das hat er wohl aus purer Großmuth gethan.

Dritter Arbeiter.

Oder aus Furcht vor Rußland.

(Robert Blum geht mit einem Begleiter nach dem Gasthofe.)

Vierter Arbeiter.

Sind euch die beiden Herren bekannt? Gehören sicherlich zur Linken des Parlaments.

Zweiter Arbeiter.

Den Einen solltet ihr doch alle kennen. Ich rechne ihn zu den Unsrigen. Er ist ein doppelter Genosse der Gewerke.

Erster Arbeiter.

Wieso?

Zweiter Arbeiter.

Von seinem Vater lernte er das Faßbinden, und später ward er Blechschmied. 's ist ja Robert Blum.

Vierter Arbeiter.

Und kann demnach auch nicht lateinisch reden. Da hat er bei den Parlamentsprofessoren sicher einen harten Stand.

Dritter Arbeiter.

Das ist gerade das Mißliche. Wir verstehen unsere Professoren nicht, und sie verstehen uns nicht.

Erster Arbeiter.

Vor Robert Blum haben sie aber gehörigen Respekt. Er steht an der Spitze unserer Partei.

Zweiter Arbeiter.

Respekt wohl; denn er weiß zu reden, und weil er es ehrlich meint, nimmt er sich auch kein Blatt vor den Mund. Aber sie können ihm doch nicht vergessen, daß er früher ein Blechschmied war, und uns für seinesgleichen hält.

(Aus dem Gasthof bringt lautes Sprechen.)

Vierter Arbeiter.

Da hört nur, wie hitzig die Herren disputiren, s'ist wirklich wie das alte Sprüchwort sagt: wo zwei Deutsche über einen Punkt berathen, gibt's drei verschiedene Meinungen.

Erster Arbeiter.

Das sind ja aber blos die Clubs der Linken.

Dritter Arbeiter.

Und just von diesen weiß es Jeder besser.

Zweiter Arbeiter.

Bin doch begierig, ob sie's wagen, das Parlament zu brechen, und sich selbst an die Spitze Deutschlands stellen.

Zweiter Auftritt.

(Die Delegaten treten aus dem Gasthof.)

Vierter Arbeiter.

Nun werden endlich wir's erfahren.

Stimmen.

Platz! Macht Platz für die Delegaten!

Erster Arbeiter.

Einen Stuhl oder Tisch herbei für den Sprecher. Man hört ihn besser, wenn er auch gesehen wird.

Dritter Arbeiter.

Zur Sache gleich. Macht's kurz und gut.

Delegat.

Sagt lieber: kurz und schlecht. — Die drei vereinigten Clubs der Linken haben beschlossen, ihre Sitze im Parlamente weiter zu behalten, bis — — (Bewegung.)

Zweiter Arbeiter.

Bis wir sie alle mit Gewalt aus dem Tempel jagen.

Delegat.

Sie wollen auf g e s e tz l i ch e m Boden bleiben, und nicht zum Aufruhr die Parole geben.

Vierter Arbeiter.

Alswenn sie nicht ihre ganze Herrlichkeit der Revolution und n u r i h r verdankten.

Dritter Arbeiter.

Und Keiner hat dem Austritt scharf das Wort geredet?

Delegat.

Gewiß! Ich hörte manche brave Meinung. Doch ging sie bald im Widerspruch verloren. Tollköpfe nannte man die Sprecher.

Vierter Arbeiter.

Und welche Gründe brachten sie denn vor?

Delegat.

Das Volk, was hier in Frankfurt sich versammelt, und die V e r e i n e g a r, d i e u n s g e s ch i ck t — das sei ein so kleiner Bruchtheil der Nation, daß man den Ruf der Zeit daraus nicht hören kann.

Dritter Arbeiter.

Sie haben nicht den Muth, selbst die Stunde auszurufen.

Vierter Arbeiter.

Die Herren sind von der Schule an gewohnt, das Pensum erst vom Lehrer zu erhalten.

Erster Arbeiter.

Ein gut belesener Tropf gilt ihnen heut' noch mehr, als der gemeine, schlichte Mann.

Delegat.

An scharfen Worten ließen wir's nicht fehlen. Wir gaben zu bedenken, daß, wenn sie im Kampf nicht Führer wollten sein, sie leicht des Kampfes Opfer werden könnten. — Da gab es schwulstiges Gerede vom alten Römischen Senat, von Opfertod und mehr dergleichen, und im Tumult verließen wir den Saal. — So steht's, ihr Männer, und wir müssen wohl nach eigenem Verstand und Herzen handeln.

Stimmen.

Zur Paulskirche! zu den Waffen! Malmoe ist unser Feldgeschrei.

Vierter Arbeiter.

Wär' doch begierig von unserem Delegaten selbst zu hören, was er darüber denkt.

Delegat.

Ich bin kein Redner, kein Gelehrter, und kann mit wohlgesetztem Wort nicht sprechen. Zudem hab' ich nicht Haus und Hof, nicht Weib und Kind. Demnach ein Mensch, der gar nichts zu verlieren hat — so sagen sie. — Freilich Eines besitz' ich, wir alle, das auch der Reiche für sein Bestes hält. Nur glaubt in seinem Dünkel er, daß ihm allein es werthvoll sei, und nicht uns Armen. Und dieses Eigenthum ist **das Leben**. Ich setz' das meine für die Freiheit ein.

Stimmen.

Wir alle setzen's dran für's ganze, **freie** Deutschland! Auf zur Paulskirche! Zu den Barrikaden! (Alle ab.)

Dritter Auftritt.

(Blum kommt aus der Sitzung.)

Blum.

Wie zu dem Haupte eines Alpenriesen
Der Wanderer mit Sehnsucht schaut; verzagt
Jedoch des Aufsteigs Fährnisse erwägt,

So sieht mein hoffend Auge s ch ü ch t e r n auf
Zu einem frei geeinten Vaterland;
Denn lähmend stehet neben mir die Frage,
Wie sich der Kräfte Maß zur That verhält.
Wie der Wille oft in allzu kühnem Schwung
Am Ziel des Möglichen vorüberschnellt,
So mag auch wiederum
Des W o l l e n s Anlauf nicht genügen,
Um an des K ö n n e n s Marke zu gelangen.
Nicht mehr für uns ist der Orakel Mund
Geöffnet, und das Schicksal wirkt verschwiegen. —
Doch Ein's ist klar. Der Boden dieser Stadt
Hat seinen Werth als Schlachtfeld eingebüßt,
Und besser ist's, vom Kampf hier abzusteh'n.
Drum Pflichtgebot ist die Verhütung mir. —
Sogleich will ich den Reichsminister sehen. (Ab.)

Vierter Auftritt.

(Arbeitszimmer des Reichsministers. — Minister und Secretär.)

Reichsminister.
Der Brief nach Olmütz an den kaiserlichen Hof besorgt?

Secretär.
Zu dienen Excellenz.

Reichsminister.
So fertigen Sie die Depesche an den Gouverneur von Mainz.
Ich bitte um leichte Artillerie — zwei Batterien — sofort.

Secretär.
Sogleich, Excellenz.

Reichsminister.
Verzögerung könnt' unbequeme Folgen haben.

Secretär.
Die Geschütze können morgen hier eintreffen.

Diener.
Herr Robert Blum ist im Vorsaale.

Reichsminister (für sich).

Ein unerwarteter Besuch. (Zum Sekretär.) Beeilen Sie den Abgang der Depesche! (Secretär ab. — Zum Diener.) Man lasse den Herrn eintreten.

Fünfter Auftritt.
(Reichsminister und Robert Blum.)

Blum.

Wir stehen im Parlament uns schroff entgegen,
Doch ist ein Gegner immer noch kein Feind.

Reichsminister.

Es müßte denn der Preuße Oestreich hassen.

Blum.

Wer auf die Einheit Deutscher Länder hofft,
Wird einen Stammgenossen wohl nicht hassen.

Reichsminister.

Es liebt den Deutschen Namen Schwab' und Franke
Nicht mehr, als Oestreich's Deutsche Unterthanen.
Nichts ändert sich in dem verwandten Blut,
Ob sich zu einem Reich die Staaten binden,
Ob sie gesondert bleiben wie bisher.

Blum.

Nicht steh' ich hier, um vor dem Reichsminister
Die große Frage aus dem Grab zu heben,
Wohin das Parlament sie gestern eingesenkt.
Was mich hierher getrieben, ist die Furcht,
Daß mehr des Bürgerbluts vergeblich fließt. —
Seitdem des Preußenkönigs Eigenmacht
Den Waffenstillstand mit den Dänen schloß,
Dem auch das Parlament gefällig war,
Bedroht ein Sturmgewölke diese Stadt.
Von tausend grimmverzerrten Männerlippen
Ertönt Verwünschung ob der Schmach von Malmoe
Und daß ein Kranz von Bajonetten sich

Rings um die Pauluskirche windet,
Besänftigt wahrlich nicht des Volkes Geister.
Es droht ein blutiger Zusammenstoß.

Reichsminister.
Ich merke wohl — und den soll ich verhüten.

Blum.
Den kann allein nur sie, die Reichsgewalt beschwören.

Reichsminister.
Den Bürgern dieser reichen Handelsstadt
Ist's vor den vielen fremden Gästen bange.
So hat des kleinen Freistaats eigener
Senat die Truppen sich zum Schutz erbeten. —
Doch müssen der Soldaten Manneszucht Sie
Bewundern, wie sie Schmähungen und Hohn,
Sogar den Bau der Barrikaden dulden.

Blum.
Ihn nicht zu dulden, wäre menschlicher,
Weil solcher Werke trügerischer Halt
Sie nur zur Schlachtbank der Besatzung macht.

Reichsminister.
Vielleicht — doch wie? Sind Sie das Haupt nicht der
Partei, auf welche jene Männer hören,
Die dem Gesetz und der Gewalt zugleich
So unbedacht sich gegenüber stellen?
Ward der Gehorsam Ihrem Rath gekündigt?

Blum.
Der gute Rath kann keinen Einlaß finden,
So lang Musketen ihm den Weg verlegen.

Reichsminister.
Das meint: die Truppen aus der Stadt entfernen —
(aufgeregt) Nimmermehr! Verschwendung jedes Wort.

Blum.
Und wär's Verschwendung — doch davor zu warnen,
Geziemt dem Manne wahrlich nicht,
Dem Blutvergeudung keine Sorge macht. (Blum ab.)

Reichsminister.
Nein, nein — das soll dem Hause Habsburg, dem
Ich diene, noch seine guten Früchte tragen.
Denn zwischen Habsburg und den Hohenzollern
Wird nie und nimmer treu ein Bund bestehen,
Und nur die Klugheit deckt des Hasses Blöße. —
Sie fühlens wohl — es war ein Todesstreich,
Den dieses Preußenkönigs Eigenwille
Dem kaum geborenen Reiche schlug zu Malmoe.
Zur Marionette ward das Parlament. —
Wenn nun zuletzt auf's Marionettenspiel
Im Pulverdampf der Vorhang niederfällt,
Dann ruft entblößten Haupt's den Hohenzollern
Zum zweitenmal heran zur Leichenschau.

Sechster Auftritt.

(Reichsminister und Secretär.)

Reichsminister.
Was hört und sieht man auf den Straßen?

Secretär.
Die respektablen Röcke werden seltner.
Dem Blousenmann mit rother Nackenbinde
Gehört das Pflaster, das er zornig aufreißt.

Reichsminister.
Verlautet nichts von einem Plan der Führer?

Secretär.
Daß die vereinte Linke sich berathet,
Ob sie das Parlament verläßt, und selbst — —

Reichsminister.
Das ist schon alte Waare.

Secretär.
— — — Doch ja — — wenn es der Mühe werth —
Ein Vorschlag kam mir zu Gehör.
Es soll auf eigne Faust, da ja das Parlament

Ihn abgewiesen —
Die Linke an die Insurgenten Wien's
Zum Gruß und Handschlag einen Boten schicken.

Reichsminister (für sich.)

In die Höhle des Löwen. —
Die Neuigkeit ist der Beachtung werth. —
(zum Secretär.) Und hat von diesem oder jenem Namen
Des Gesandten man schon gehört?
Spricht man vielleicht von Robert Blum?

Secretär.

Sogleich werd' ich mein Ohr nach dieser Richtung halten.

Reichsminister.

Und oft hilft erst ein ausgeschicktes Wort,
Das Hörenswerthe mit sich heimzubringen.

Secretär.

Ich verstehe, Excellenz, und will sogleich
In Proletarierkostüm mich werfen (ab.)

Reichsminister.

Gut getroffen — der Proletarier ist sein böser
Geist, der ihn nach Wien kann locken. —
Von allen seinesgleichen ist er der Unbequemste;
Denn keinem so wie ihm ist das Rebellengift
So tief, so ätzend in das Herz gedrungen.
Die Achse, die den Schwung der alten Ordnung trägt,
Erfaßt er keck zugleich an beiden Polen.
Er rüttelt oben an dem Glaubenshimmel
Und unten an der Erde ausgetheiltem Gut,
Und sucht die Achse so entzwei zu brechen. — —
Sieh' zu, ob nicht der glatte Boden Wien's
Dir unter dem gestemmten Fuße weicht.
Ich werde dich dem Feldmarschall empfehlen. (ab.'

Siebenter Auftritt.

(Freier Platz wie früher. — Blum.)

Blum.

„Nimmermehr", das war ein scharfes Wort
Des Reichsministers. —
Wie väterlich ist er um Frankfurts Wohl
Besorgt. Weil der Senat in Angst geräth
Für seiner Handelsherren Kassenschränke,
Macht er des Parlamentes Sitz zum Bivouac. —
Wie doch der reiche Mann sich vor
Der rauhen Hand der Armuth fürchtet!
Ist es nicht Lästerung der menschlichen
Natur, die Mehrzahl aller Erdensöhne,
Die täglich neu den Kampf um's Leben führt,
Als Räuberhorden zu verdächtigen?
Es wälzt der Aufruhr sich von Land zu Land,
Nur schüchtern und vermummt getraut
Der Schergen Meute sich an's Tageslicht —
Wer hört von Frevel gegen fremdes Gut?
Ihr blindgeborenen Verläumder!
Könnt' einen Augenblick der Ordnung Wage
Sich im gewohnten Gleichgewicht erhalten,
Wenn je der Armuth stetig schwellend Heer
Auf den Besitz zu stürzen, es gelüstet?
Und jene Kassenschränke — wenn die Farbe
Der Thränen roth wie die des Blutes wäre,
Wie schrecklich zeugte mancher Haufen Gold
Von grausam ausgedachter Ueberlistung!
Kann man, die täglich i h r zur Beute fallen,
So zählen wie die Opfer der Gewalt?
Die U e b e r l i s t u n g ist's — sie ist es, die
Hervor aus tausend Hinterhalten
Erbarmungslos nach Raub und Beute hascht. — —
Wer einst in diese üppigen Verstecke
Nicht der Zerstörung Feuerspahn — nein, nein!
Das Morgenlicht der neuen Lehre wirft,
Der wird der Menschheit wirklicher Erlöser sein.

Achter Auftritt.

(Einem Zug, der eine bedeckte Bahre trägt, folgen Leute, meistens Arbeiter, und unter ihnen der Delegat. Blum weicht zurück.)

Erster Arbeiter.
Das ist ein stummer Rufer zu den Waffen.

Zweiter Arbeiter.
Den Dänen schonen sie, doch nicht uns.

Dritter Arbeiter.
Rache für den todten Kameraden!

Delegat.
Stellt hier die Bahre ab, ihr Träger,
Und ruhet aus von eurer Last.
Hier ist der Todte unter guten Kameraden. — —
Du darfst dich nicht beklagen, Freund,
Sie meinten's väterlich mit Dir. Du warst
Gewiß recht arbeitsmüde —
Nun hast du Feierabend — ewig, ewig.
Was sollte dir ein langes Leben auch
Viel nützen? Du konntest doch es nicht genießen. —
Dagegen hattest Du nicht Zeit zum Sündigen,
Wie große Herrn und reiche Müßiggänger,
Und wirst ein sehr beliebter Gast im Himmel —
Wir fragen nicht nach dieses Mannes Namen,
Wir alle sind ja Z a h l e n blos, nur H ä n d e.

Neunter Auftritt.

(Blum nähert sich unbemerkt der Bahre und entfernt die Decke.)

Blum.
Die Leichenrede, Freund, paßt nicht auf den,
Der unter diesem Bahrtuch schläft. —
Der todte Mann ist keiner von den Euern —
Den Unsrigen, will ich lieber sagen; denn
Im Handwerk war ich Lehrling und Geselle. —

Um den Gefallnen zu trauern, ziemt
Nicht uns. Seht her auf seine zarte Hand.
Der Todte war ein Fürst. Ich kannt' ihn wohl,
's ist Fürst Lichnowsky.
Nicht freundlich war er der gemeinen Sache,
Und ich bewein' ihn nicht; doch ich beklag'
Den Meuchelmord, dem er zum Opfer fiel;
Denn unbewehrt ward er am Weg erschlagen,
Und ahnungslos hat ihn die Kugel überrascht. —
Das Volk muß wohl sein angebor'nes Recht
Stets der Gewalt im Kampfspiel abgewinnen;
Jedoch wie Licht von Nacht sich unterscheidet,
So scheidet sich der Kampf vom Meuchelmord,
Und nie und nimmer wird es ihm gelingen,
Der Staaten Recht und Ordnung neu zu gründen.
Erbittern kann er nur, doch nicht besiegen;
Denn wie verlockend auch die Gabe sei,
Verschmäht sie das erschreckte Menschenherz
Aus der verruchten Hand des Meuchelmord's.
Des Schlachtfeld's blutigster Bericht ergreift
Nicht so, wie des geringsten Mannes Tod,
Den Dolch und Kugel unversehens traf.
Wer Leben gegen Leben eingesetzt — und fällt,
Hat die verlor'ne Wette treu bezahlt,
Und mit der wachsenden Cypresse wächst
An seinem Grabe auch der Trost der Zeit;
Doch unversöhnt umschleicht der Schatten des
Gemeuchelten die Wohnungen der Menschen,
Und stört den Frieden der Alltäglichkeit. (Blum ab.)

Zehnter Auftritt.

(Die Vorigen außer Blum, Marie und später ihr Vater.)

Marie (hinter der Scene.)

Habt ihr eine Bahre tragen sehen, ihr Männer?

Stimme.

Ja, eben jetzt die Gasse hier hinab.

Marie (rasch auftretend.)

Wer ist der Todte hier?
Sagt an ihr Männer!

Erster Arbeiter.

Von Dir kein Blutsverwandter, kecke Dirne.

Marie (die Decke von der Bahre ziehend.)

Jesus und Maria erbarmet euch! — Wie die Frau Commerzienräthin geahnt. — Der gute Fürst ermordet, todt. — Und wie entstellt, verzerrt sein schön Gesicht. — Ich mag die Botschaft ihr nicht bringen, sie gibt der gnädigen Frau den Tod. Er war ja auch so fein und angenehm. Sein Auftritt, sein Benehmen — weiß nicht wie — so vornehm und doch gar nicht stolz. (Sinkt weinend an die Bahre.)

Erster Arbeiter.

's ist jammervoll mit so verdrehten Dirnen.

Dritter Arbeiter.

Und nicht sehr erbaulich für den Herrn Commerzienrath.

Zweiter Arbeiter.

Mich soll's nicht wundern, wenn ein Dutzend noch von Kammerkätzchen sich hier zusammenfinden.

Dritter Arbeiter.

Recht traurig ist's. Ich kenne die. Sie ist mit mir im selben Dorf zu Hause, war immer ein recht braves Mädchen und von Geschicklichkeit und Fleiß ein Muster, ja wirklich, die erste und die stolzeste im Dorf. Da starb die Mutter und sie mußte bei fremden Leuten — — —

Marie (erhebt sich rasch.)

Warum ward er erschlagen, und wer that's?! — Wo find' ich ihn, der diesen Mord begangen? zerfleischen könnt' ich ihn mit meinen Zähnen.

Erster Arbeiter.

Welch' kecke Rede! Jagt sie weg!

Marie.

Du schmutziger Geselle! (Man dringt auf sie ein.)

Delegat (abwehrend.)
Fügt ihr kein Leid zu, kränkt sie nicht mit Spott. Und könnt die Stichelreden ihr nicht lassen, bringt lieber sie bei ihrer Herrin an und nicht bei dieser armen Magd. (Zu Marie.) Es scheint mir nicht, daß Deine Frau Commerzienräthin ein Tugendspiegel ist und gut Exempel. Du meinst, der Fürst sei gar nicht stolz gewesen. Glaub's auch. Er that gewiß auch sehr vertraulich mit seinen Hunden oder Pferden.

Marie.
O schweigt mit solchen Redensarten. Was ihr von Freiheit und von Gleichheit faselt, d'rum kümmern sich die Evastöchter wenig. Sei's Fräulein oder Magd — ein hübscher, guter Mann, mit artigen Manieren — den fragen wir zu allerletzt, wie er's mit Papst und Kaiser hält.

Dritter Arbeiter.
Ei, ei! wie hat die Dirne sich verändert. That sie zuhause doch im Dorf, als wär' für's Nonnenkloster sie geboren. Hat keinem Burschen für den Gruß gedankt. Ja freilich, dieser da hätt' ihr schon eher zugesagt mit seiner glatten Lügenzunge.

Marie.
Wirf nicht noch Schmutz in's todte Angesicht. (Auf einen Wink des Delegaten wird die Bahre entfernt.) O wär' ich doch nicht hier. Man hat ja wahrlich vor den Burschen sich zu schämen, wenn man aus Mitleid weint. O wie seid ihr widerwärtig.

Dritter Arbeiter.
Weil unsere Hände rauh und schmutzig sind.

Marie.
Nein, nein, die Hände sind es nicht, die rauhen Sitten sind's, die häßlichen Geberden, das plumpe Wesen, das Lärmen, die Trunk= und Händelsucht, und gar das ungeschlachte Schönthun mit den Dirnen, die unsauberen Reden. So wird ein Stadtherr keine Magd verletzen ——

Vierter Arbeiter.
Und macht mit Feinheit Euch zu städtischen ——.
(Der Vater Marie's taumelt berauscht über die Bühne. Straßenjungen verhöhnen ihn.)

Vater.

He! Kameraden! Freiheit — und — Wohlstand — für — Alle, — Freiheit — und — Wohlstand.

Dritter Arbeiter.

Du haft die Freiheit wohl zu stehen, Du alter Zecher, wenn Du es nur könntest. (Vater ab.)

Marie (sieht nach dem Berauschten und erkennt ihren Vater).

O Himmel, was erleb' ich hier, was muß ich sehen! Es ist mein Vater, mein eigener Vater, — o, welch ein Unglück, welche Schmach! O, wär' ich blind, noch lieber todt. — Das treibt mich fort — weit — weit von hier. (Marie ab.)

(Man hört lebhaftes Gewehrfeuer in der Ferne.)

Stimmen.

Das hat die Richtung von der Paulskirche. Fort zu den Barrikaden! Auf, zur Paulskirche! Zu den Barrikaden. (Alle ab.)

Elfter Auftritt.

(Blum und Secretär.)

Blum.

Umsonst, umsonst!
So ist der Kampf trotzdem entbrannt. Nein, nein!
Das ist kein Ringen mehr um Siegespreis.
Ein grausig Menschenopfer ist es für
Des Vaterlandes abgeschied'nen Geist.
Nur wenig Monde sind in's Land gegangen,
Da stand ich an des jungen Reiches Wiege —
Von Jugendsinn schwoll mir die eigne Brust.
Nun ward die Wiege schon zum Sterbebett —
Zum Sterbebett vom Gifte der Dynasten,
Das tückisch sie der Neugeburt gereicht. —
Ich trag' es nicht, dem Leichenzug zu folgen. —
Es ward im Rathe unserer Partei beschlossen,
Daß dem aufgestand'nen Volk in Wien man
Des Deutschen Landes Brudergruß
Durch einen Abgesandten entbiete.

Nicht der Bedeutung baar ist dieses Amt. —
Ob ich mich darum wohl bewerben soll? —

   Secretär (verkleidet, tritt zu Blum).

Es ist ein Glück für unsere gute Sache,
Daß man den rechten Mann nach Wien entschickt.
Dort brennt der Aufstand hell und lustig,
Und dem Kaiser ward's so schwül, daß eilig er
Die Stadt verließ, um im Tyrolerland sich abzukühlen.
Doch ist kein Ueberfluß an Führern dorten.

   Blum.

Und dieser rechte Mann — wer ist's?

   Secretär.

Wer soll es sonst denn sein, als Robert Blum?

   Blum.

Doch welchen Grund hat man, an mich zu denken?

   Secretär.

Ich hörte viele Leute darüber sprechen,
Darunter manchen klugen Kopf, der Oestreich kennt,
Ich selbst bin da zuhause. Man meint,
Es müsse dort die Macht der Pfaffen
Zuerst gebrochen werden, weil sie zumeist
Die Schuld am Elend Oestreich's tragen.
Da wäre keiner so am Platz wie Robert Blum,
Der Kirchen Feind, des armen Mannes Freund.

   Blum.

Recht dankenswerth ist diese gute Meinung;
Doch ist mir selbst von keiner Wahl bekannt.

   Secretär.

Dann fiel sie sicher auf den Besten nicht.

   (Wendet sich langsam nach dem Hintergrunde.)

   Blum.

Den Schmeichler haß' ich, doch in aufgeregter Zeit
Vernimmt man aus des Volkes rauhem Mund
Oft viel bessere Berathung,

Als im geheimnißvollen Kreis der überklugen Führer. —
Und ist's des eigenen Herzens Stimme nicht,
Die flüsternd sagt: „Zieh hin nach Wien?"
Es kann des Volkes Sieg im Kaiserstaat
Das Schicksal Deutschlands noch zum Guten wenden. —
Ich will die Botschaft mir als Gunst erbitten.   (Blum ab.)

    Secretär (vortretend, nach einer Pause).
Er geht — und wie sein Schatten folg' ich ihm.   (Ab.)

    (Der Vorhang fällt.)

Zweiter Act.

Erster Auftritt.

(Saal in Wien. Versammlung von Delegationen der revolutionären Körperschaften, des Gemeinderathes, der Studenten, Bürger und Arbeiter. R. Blum und Jelineck, dieser den Arm in einer Schlinge — werden beim Eintritt lebhaft begrüßt und betreten die Rednerbühne. Jelineck ruft zur Ordnung.

Jelineck.

Ein buntes Volksgemisch ist unser Oesterreich.
Nur widerstrebend fügt sich Glied an Glied
Zu Eines Reiches ungelenkem Körper,
Den deutsche Triebkraft mühsam fortbewegt.
Aus deutschem Land stammt unser Kaiserhaus,
Ist Wien, das Herz der Monarchie, nicht deutsch?
Und doch geschieht's, daß an die Hauptstadt, die
Der Kaiser flieht, er die Kroaten hetzt,
Dem Bluthund gleich auf Mord dressirt.
Verstohlen schlich er aus dem Thor, durch das
Ein Anderer in des Tages Helle tritt,

Ein bürgerlicher, schlichter Mann — jedoch
Gewaltiger, denn seine Hand umfaßt
Den Blitz erleuchtender Gedanken, der
Die alte, dunkle Zeit in Trümmer schlägt.
's ist Robert Blum. — Wer kennt nicht diesen Namen?

Stimmen.

Es lebe Robert Blum! Hoch Deutschland!

Blum.

Den Brudergruß der Stammgenossen bring'
Ich euch, den braven Insurgenten Wien's.
Das deutsche Volk — darf ich wohl sagen, schickt
Die wärmsten Wünsche für des Aufstands Sieg.
Zwar trag ich Brief und Siegel nicht bei mir
Aus der Kanzlei des Parlaments, doch hab
Von seinen Besten ich Beglaubigung. — —
Hier thut's nicht Noth, die Kampflust anzufachen,
Nur Zeuge will ich sein des Muthes und der Eintracht. —
Und in der Heimath rühmend es zu nützen,
Ist der Vorsatz meiner Sendung.

Stimmen.

Es lebe Robert Blum! Deutschland hoch!

Jellineck.

Der freien Hauptstadt oberste Gewalten,
Gemeinderath und Bürgerwehr und Aula,
Der patriotischen Vereine Führer
Entbieten brüderlichen Gruß und Handschlag. —
Die Zeit ist schwer, im Weichbild sammelt sich
Zu Mord und Plünderung gereizt ein Heer.
Fürst Windischgraetz, der Würger Prags (Bewegung)
Hält den Kommandostab in blutiger Hand. —
In solcher Noth sind Freunde sehr willkommen,
Auch wenn Geringere sie wären, als
Des Deutschen Brudervolkes Abgesandter.

(Der Gemeinderath zieht an der Rednerbühne vorüber.)

Gemeinderath und Bürgermeister grüßen,
Hochangeseh'ne Herrn und treu gesinnt,
Zwar abhold jeder Störung des Verkehrs,
Jedoch bereit mit Sold und Vorschuß stets
Den Unterhalt der Kämpfer zu bestreiten. —

(Die akademische Legion zieht vorüber.)

Und hier die Lieblinge der Bürgerschaft,
Der freien Lehre kühne Bahneröffner,
Der Zukunft hoffnungsvoller Blüthengarten,
Die edle, akademische Legion.
Wie vom Olymp herab zu Troja's Zeiten
Mischt hier Minerva sich in's Männerstreiten. —

(Die Nationalgarde zieht vorüber.)

Die Herren da — man merkt es wohl am Wesen,
Sind Wien's ureingeborne Söhne, zwar
Gewohnt nicht an Soldatendienst den harten,
Gehorsam doch dem rauhen Zwang der Zeit —
Der guten Hauptstadt Bürgergarden. —

(Die Arbeiter ziehen vorüber.)

Und nun zuletzt, doch wahrlich nicht die Letzten,
Wenn einst Verdienst der Menschen Rang bestimmt,
Die Kraft und die Gewandtheit der Gewerke,
Die selber arm, den Reichthum Anderer schaffen,
Der übersatten Trägheit Schreckensbilder.

Stimmen.

Robert Blum reden!   Deutschland hoch!

Blum.

Wie ihr die Form der neuen Herrschaft bilden,
Wie mit dem Kaiser ihr verfahren sollt,
Der mit dem Hofe nach Tyrol geflüchtet,
Steht mir nicht Rath und Unterweisung zu.
Ihr habt im eignen Land erfahrne Männer.
Auch fehlt's an Streitern und an Führern nicht,
Dem kaiserlichen Landsknecht Trotz zu bieten,

Der wie erst jüngst in Prag so jetzt in Wien
Den Durst nach Bürgerblut zu stillen hofft.
Ich suche einen andern Feind auf der
Arena, der gefährlicher als dieser,
Und ihn vor Allen gilt es zu bezwingen.
Er trägt kein Waffenkleid, nicht Helm, nicht Schwert,
Hat dennoch vieler Länder schönste Strecken
In öde Gräberstätten umgewandelt. —
Zählt mir die schrecklichsten Tyrannen her, —
Ich nenne Priester euch, die sie beschämen.
Das Reich der Liebe hier auf Erden zu
Errichten, sei ihr heiliger Beruf — —
War je ein Haß so tief, so unversöhnt,
Wie noch zur Stunde jetzt der Glaubenshaß?
Und während laut das ganze Abendland
Der Sitten stetigen Verfall beklagt,
Da gießt der Kanzel Schlangenzahn das Gift
Des Schuldverdachtes auf den Freigeist aus — — —
Sprach die Verläumdung je ein frecher Wort?!
Wem war das Ohr der Massen zugekehrt?
Wer stellt dem ersten Blick des Kindes nach,
Um ihn mit Unbegreiflichem zu blenden?
Wer hält im Bann die Einfalt der Gemüther?
Ist's nicht die Kirche, die mit Erdenmacht
Der Denker öffentlichen Mund verschloß?
Ist sie es nicht, die Alle überschreit,
Und höhnisch dem verstummten Zweifler dann
Gebietet, daß er schweige?
Ist es der Freigeist oder ist's die Kirche, die
Mit leerem Pomp des Volkes Sinn bestrickt?
Nie hat Verläumdung frecher sich geberdet,
D'rum sag' ich euch: wollt wahrhaft frei ihr werden,
Müßt ihr die Brücke niederbrechen, die
Vom Thron zum Altar ihre Bogen spannt.

Stimmen.

Hört, hört! Gut! sehr gut! die Pfaffen!

Blum.
Der Freistaat selbst verträgt nicht Priestersegen.

Stimmen (sich gegenseitig überschreiend).
Es lebe die Republik! — Hoch der Kaiser!
(Tumult. Lärm dringt von der Straße herauf. Die Versammlung löst
 sich auf, man eilt an die Fenster. — Blum und Jelinek ab.)
Frische Opfer! Man trägt Verwundete in's Lazareth.

Erster Arbeiter.
Wer sind sie? Studenten aus der Legion?

Stimmer.
Nein, Handwerker, Taglöhner von Ansehen.

Zweiter Arbeiter.
Auch Frauen, scheint's, verletzt darunter.

Dritter Arbeiter.
Wie kam's? Man schont auch Frauen nicht?

Vierter Arbeiter.
Nicht Aufschluß hört man, nur Fluchen und Verwünschen.
Sie hatten Hunger, haben Brod verlangt —
Vielleicht nicht höflich, etwas ungestüm,
Das machte böses Blut, und dann — —

Zweiter Arbeiter.
Floß gutes, armes Blut.

Erster Arbeiter.
Nicht Kugelwunden sind's.
Im Handgemenge hat man sie verletzt — nicht schwer,
Mit Kolben und mit flachen Klingen.

Zweiter Arbeiter.
Wohl gut gemeint, ein brüderlicher Zwist.
Jut wär's, wenn jeder Streich uns alle träfe.
Wir werden nie ein besseres Loos erreichen,
Wenn wir's gemeinsam nicht erzwingen.

Dritter Arbeiter.
'S ist wahr, wir sollten mehr zusammenhalten.
Es muß für uns von oben was geschehen.

Zweiter Arbeiter.
Von oben, meint ihr; Armenhäuser bauen. —
Wenn wir verkrüppelt oder verhungert sind,
Für Weib und Kinder dann ein Bettelbrod. —
Es kann uns Keiner besser helfen, als wir selbst.

Erster Arbeiter.
So ist's, die Schwierigkeit liegt nur im „Wie."

Zweiter Arbeiter.
Ein schneller Einfall so von ungefähr,
Thut's freilich nicht.
Wir müssen reiflich uns berathen.

Erster Arbeiter.
Vielleicht daß Robert Blum uns gute Winke giebt.
Er war ja selbst ein Handwerksmann.

Zweiter Arbeiter.
Er wird mit Jelineck uns im Verein besuchen.
(Auf der Straße wird ein „Extrablatt" gerufen und hereingeholt. Ein
Haufe Leute folgen.)
Was giebt es Neues wieder?

Dritter Arbeiter.
Eine Proklamation vom Fürsten Windischgraetz aus Hetzendorf.
(Zum zweiten Arbeiter.) Hier, lies sie recht laut und deutlich vor.

Zweiter Arbeiter.
Des Fürsten Deutsch ist keins vom besten.
Ich will Euch kurz die Punkte geben:
Der Feldmarschall verlangt,
Daß alle Waffen in der Stadt
Ihm ausgeliefert werden, die Aula soll
Sogleich geschlossen werden,
Und keine Zeitung darf erscheinen.

Sodann will er als Geiseln zwölf Studenten,
Sowie den Zeitungsredakteur Jelineck
Vom „Radicale." — Freund Jelineck
Muß sich entschuldigen,
Da seine Wunde noch nicht abgeheilt.
(Ein „Extrablatt" auf der Straße gerufen und hereingeholt.)

Vierter Arbeiter.

Glück auf! Vom Stephansthurm herab!
Die Ungarn rücken an, uns zur Hilfe.
Man sieht das Heer der Freunde in hellen Haufen,
Im Anzug gegen Schwechat.

Erster Arbeiter.

Die werden jetzt dem Windischgrätz
Die Antwort auf den Rücken schreiben.
(Generalmarsch in der Ferne.)

Stimmen.

Zu den Waffen! An die Thore! (Alle Bewaffnete ab.)

Zweiter Auftritt.

(Bürgermeister und Sekretär.)

Sekretär (verkleidet).

Dem Robert Blum kommt Keiner gleich, Herr Bürgermeister.
Der geht der Sache auf den wahren Grund.

Bürgermeister.

Gewiß, sehr tief, vielleicht zu tief für unser Wien.

Sekretär.

Mag sein, daß er ein wenig übertreibt wie alle große Redner:
Aber auch die Pfaffenwirthschaft geht zu weit.

Bürgermeister.

Bin auch kein Pfaffenfreund. 's wär' schon recht,
Wenn nicht die Weiber so zu ihnen hielten,
Das stört gar häufig den Familienfrieden.

Sekretär.

Ich dachte selbst schon oft, die Menschheit würde
Viel schneller vorwärts gehen, wenn sie nicht immer
Auf ihre bessere Hälfte warten müßte.

Bürgermeister.

s' ist viel gewagt von Herrn Robert Blum,
Daß er in Wien den Klerus so erbittert.
Dazu gebrauchet er größeren Muth, als der Soldat im Feuer.

Sekretär.

Den hätt' er sicher auch im Kugelregen.

Bürgermeister.

Doch bleibt ihm dieser hoffentlich erspart.   (ab)

Sekretär.

Ich hoff' das Gegentheil. — Wer weiß ob man
Mit Waffen in der Hand ihn nicht betrifft?   (ab)

Dritter Auftritt.

(Die Szene verwandelt sich in ein Wohnzimmer. — Jelineck und Marie
mit Verband beschäftigt.)

Marie.

Sie fühlen sich doch jetzt wieder besser, Herr Jelineck?

Jelineck.

O tausend mal! Ich danke Dir Marie. —
Nun erzähle weiter — Deine Mutter starb — —

Marie.

Die gute Mutter starb, wie ich gerade in die Jahre kam,
Den Segen einer guten Mutter recht zu merken.

Jelineck.

Dein Vater aber lebt — —

Marie.

Ach Gott, auch er war immer väterlich besorgt,
Und schaffte uns ein recht gemüthlich Heim,

Bis er — — vielleicht aus Herzleid,
Vielleicht verführt von bösen Kameraden — —
Ich möchte lieber davon schweigen. (weint)

Jelineck.

Gewiß, sei mir nicht böse, armes Mädchen.
Ja ja, dem Laster kann so leicht kein Hausstand widerstehen.
Nur sag' mir noch, was Dich gerade jetzt nach Wien gebracht
Und zu einer so beschwerlichen Reise.

Marie.

In einem Kloster hier zur heiligen Ursula
Hab' ich eine Mutterschwester. Zu der wollte ich,
Um vielleicht als Laienschwester dort zu dienen.
Da suchte das Lazareth nach Wärterinnen, und von dort — — —

Jelineck.

Ich habe den Auftrag hinterlassen. —
Du armes verlassenes Mädchen.

Marie.
(mit dem Verbinden fertig.)

So nun muß ich den Salbentopf wieder füllen lassen.
Doch nein, die Hälfte reicht schon aus;
Denn ihre Wunde ist ja bald geschlossen. — —
Sie sind so karg mit Worten heute — — (räumt das Zimmer in
    Ordnung.)
Diese beiden Briefe wurden vorhin abgegeben. (ab)

Vierter Auftritt.

Jelineck.

„Die Wunde ist bald geschlossen." Ich sah's ihr an, sie freute
sich darüber — ob über meine Genesung oder das Ende ihrer
Pflege — das möchte ich gerne wissen. — Sie hat ihr Amt so
liebevoll versehen. So heiter und so warm blickt sie aus den
Augen, so traulich plaudert sie und recht vernünftig. — Sie ist
nicht keck und doch so ungenirt lebendig. Und ihre Munterkeit —

das mag ich gern — erscheint wie unter einem Schleier. — Sie wird nun von mir gehen. Ich muß es tragen. (öffnet die Briefe.) „Der demokratische Verein hat mit brüderlicher Theilnahme Ihre Genesung vernommen, und bittet Sie, in der heutigen Versammlung den Vorsitz zu übernehmen." — Der Auftrag kommt mir sehr gelegen, die Freunde zu begrüßen. Ich komme. —

(Oeffnet den zweiten Brief.) Das ist von Robert Blum der mir versprochene Artikel für unser Blatt. (liest) Ich bewundere die Schärfe seiner Logik, den Muth und die Tiefe der Gedanken, und welche Sprache! Das wird den Tiger Windischgrätz zur Wuth entflammen, das sichert ihm als Henker die Unsterblichkeit.

Fünfter Auftritt.
(Jelineck und Marie.)

Jelineck.
Nun bist Du da. Schon macht' ich mir Vorwürfe, Dich dem Gewühl der Straße ausgesetzt zu haben.

Marie.
Schon längst wär' ich zurück, wenn nicht am Weg ein fremder, tecker Mensch, ein häßliches, verdächtiges Gesicht, mich angeredet hätte.

Jelineck.
Ich seh' Dir's an den Augen an. Du bist verstimmt. Was war sein Grund, Dich aufzuhalten?

Marie.
Er fragte dies und jenes über Sie, und gab als Tausch mir üble Neuigkeiten. — Sie auszuliefern, hätt' der Fürst befohlen. — (greift nach einer Büchse.) Ein todter Mann, wer Sie ergreifen wollte!

Jelineck.
Du zitterst für meine Sicherheit? (für sich.) Sie ist mir gut. (zu Marie.) Wie konntest Du nur glauben?

Marie.
's ist wahr, ich hätte sogleich am Weiteren erkennen müssen, daß er Lügen spricht.

Jelineck.
Erzählte er noch mehr dergleichen?

Marie.
Daß Sie — daß Sie ein Jude wären.

Jelineck.
Und g'rade dies ist wahr. Ich bin ein Jude.

Marie.
Ich glaubt' es nicht, käm's nicht aus Ihrem Mund. In meinem Dorf gibt's viele Israeliten. Die sind in Allem so absonderlich, im Haus, in Frömmigkeit, in Gottesdienst —

Jelineck.
Gerade wer mit Nachdruck Christ sich nennt, ist jüdischer als ich im Glaubenspunkt, von Abkunft aber bin ich Jude, und der guten wie der schlechten Stammgenosse.

Marie.
Man braucht sich wahrlich nicht zu schämen auch. Sind sie nicht Muster im Familienleben? —

Jelineck.
Nicht allzu laut mag ich das Rühmen hören, sie haben sicher auch recht schwache Seiten. Es wird kein Mensch geboren ohne Fehler. So mancher Jude stiehlt, doch dann und wann stiehlt auch ein Christ und ist ein Diebeshehler.

Marie.
Und offen ist der Weg zur heiligen Taufe.

Jelineck.
Mein Kind, kannst Du auch schwerlich es begreifen — das wär' für mich — vom Regen in die Traufe. (ergreift ein Papier) Ich trag dies Schriftstück in die Druckerei.

Marie.
(Das Papier abnehmend.)

Ich bring's hinab. (ab)

Jelineck.

Wo findet sich ein gleicher Widerspruch
Im Tagebuch der Menschheit wieder wie
Das unversöhnte Schicksal meines Stammes?!
Aus e i n e r Wurzel treibt Vergötterung
Und Haß, Verehrung und Erniedrigung.
Dem Sohn der Jüdin, die ein Gott befruchtet,
Beugt im Gebete sich die Christenheit,
Und dieses Weibes Blutverwandschaft, trotz
Der himmlischen Verschwägerung,
Verfolgt des Christen Hohn und Grausamkeit. —
Wie ist das Menschenaug' doch oft zu blöde,
Um das Geschick aus eigner Schuld zu deuten.
Was tausendjährige Entehrung, Spott,
Verkümmerung und Todesangst des Juden
An ihm entstellt, verdorben hat; das wird
Als Makel seines Blut's ihm angerechnet —
Und so verschlingen Folge sich und Grund
Zu einem auswegloſen Labyrinth. —
Ein Wunder ist's, daß noch ein Keim geblieben
Auf dem zerstampften, thränennaſſen Feld. —
Stand meine Wiege nicht auf Oestreich's Boden?
Liebt mehr als ich, es Einer seiner Söhne?
Kenn ich ein andres, beſſres Vaterland?
Nicht Völker sind's, die ewig sich befehden,
Der Glaube nur legt nie die Waffen ab. —
Einst wird des Christen wie des Juden Himmel
Herab auf unsre Erde sinken — dann,
Erst dann wird unter ihren Trümmern auch
Dies nimmersatte Schwert begraben.

Sechster Auftritt.

(Jelineck und Marie.)

Marie.

Das war ein Jubel in der Druckerei, als sie die Schrift er=
hielten.

Jelineck.
(Für sich.) Mein Kopf kann Zweifel gut ertragen; im Herzen kann ich's nicht.

(Zu Marie.) Mein Kind nun ist es Zeit, daß ich den Dank, der Dir so reich gebührt, auch gebe; doch beschämt muß ich bekennen, daß er an Werth Deine guten Dienste nicht erreicht; denn Deiner Pflege schuld' ich die Genesung. — Da meine gute Mutter bereits unterwegs ist, den Sohn an ihre Brust zu drücken so —

Marie.
So soll ich gehen? (weint)

Jelineck.
Du thust mir weh', Marie. Als Fremde sollst Du nimmer von mir gehen, und wo Du bist, gewähre einen Theil der Sorge mir für Deiner Zukunft ungewisses Loos.

Marie.
Verzeihen Sie — mir fällt der Abschied schwer.

Jelineck.
O glaube mir, nicht minder schmerzt er mich.

Marie.
(Erregt) Herr Jelineck! O haben Sie Erbarmen. Es trifft mich gar zu hart. — Ach jede Arbeit wollt' ich gern verrichten, ich bin nicht ungeschickt in manchen Dingen. Will mich gewiß von früh bis Abends plagen, wenn ich nur bleiben darf, Herr Jelineck. —

Jelineck.
(der abgewendet gestanden.)

Fällt Dir's so schwer, mich zu verlassen — bleibe; doch nicht als Magd — als mein getreues Weib. —

Marie.
Als treues Weib will ich Dir ewig dienen. — — Mir ist als blende mich ein helles Licht, als heben meine Füße sich vom Boden.

Jelineck.
Kein hoher Flug ist es zu mir herauf. Wir beide sind nur arme Arbeitsleute.

Marie.
(sinkt auf die Kniee.)
O Gott wie dank' ich dir für deine Gnade!

Jelineck.
Willst Du als meine liebe Braut mich jetzt begleiten. Mich ruft in die Versammlung meine Pflicht.

Marie.
Ein stolzer Gang an Deiner Seite. (Beide ab.)

Siebenter Auftritt.

(Ein Versammlungssaal ist mit Blousenmännern gefüllt. Blum, Jelineck und Marie werden beim Eintritt begrüßt.)

Stimmen.
(auf der Straße.)
Der „Radicale!" Artikel von Robert Blum!

Arbeiter.
Es lebe Robert Blum! Deutschland hoch!
(Jelineck und Robert Blum sind inzwischen auf der Tribüne.)

Jelineck.
Es ist schon spät geworden in dem Kampf
Des Volks um's gleiche Recht, und während noch
Der Sieg die launenhafte Gunst versagt,
Erwartet uns ein zweites Schlachtfeld schon —
Viel blutiger vielleicht. — Das Recht für sich
Gleicht einer gold'nen Schüssel, welche leer —
Mit keiner Labung unsern Hunger stillt.
Und dürften wir zum Kaiser selbst uns stellen,
Der Armuth Blöße hält uns dennoch fern.
Nicht Früchte trägt die Saat der Parlamente,
Und kaum, daß nur der Klage Leidensblume
Heraus auf dieses öde Feld sich wagt. — — —
Ein böser Geist haust in der Gegenwart.

Die Habsucht macht die Menschen grausam und
Gemein. Man schätzt des Mannes Werth und Ehre
Nach seiner Taschen Fülle oder Leere. (So ist's! Gut! Sehr wahr!)
Der Uebermuth und die Verschwendung der
Barone selbst verletzen nicht so tief
Wie das Gepränge plumper Geldmagnaten,
Weil zur Gefahr sich auch der Eckel mischt. —
Die Werkstatt, wo sonst Meister und Gesellen
Mit Frohsinn und Geschick die Hände rührten,
Und frei dann selbst nach Billigkeit und Recht
Des Fleißes und des Werkes Lohn bestimmten,
Sie ist verdrängt von einem Riesenkäfig,
Wo rauh der Herr und rauher noch der Vogt
Die Männer treibt, die Weiber und die Kinder.
Dort keuchen sie, verdrossen sind die Mienen,
Und stumm der Mund — es stampfen die Maschinen. —
So binden wir dem Herrn der Ernte Garben —
Des Stoppelfeldes Aehren sind für uns,
Um in dem Frohndienst weiter noch zu darben.
Und was der Ahne schlau erpreßt' und stahl,
Das wird dem arbeitscheuen Sohn und Erben
Ein ewig zinsgebährend Kapital. — (Beifall. Sehr wahr!)
So steigt was unten sollte sein, nach oben.
Zum Freiherrn machen sie den Branntweinbrenner,
Ein Börsenspieler hält sich Vollblutrenner,
Und eines Wucherers goldbehängte Töchter
Umwerben Söhne rühmlicher Geschlechter. (Beifall.)

Secretär (verkleidet.)

So ist's fürwahr! Drum eckelts mich, wenn ich von Rechten faseln höre, und überall regiert die Bosheit und Gewalt. Ihr seid nicht hungrig blos, Ihr seid auch blind. Ja, blinde Bettler sind wir allesammt. Ich kann Euch hundert Häuser zeigen und auch Magazine, wo in Hülle und Fülle sich Alles findet, was man brauchen kann. Man darf nur kräftig an die Thüren klopfen.

Zweiter Arbeiter.

Den kenn ich. Das ist ein Kerl von der alten Polizei. (Bewegung.)

Stimmen.

An den Laternenpfahl mit ihm! An den Laternenpfahl!

Marie
(ruft von ihrem Sitze.)

Herr Jelineck, das ist derselbe Mensch, der häßliche, der damals mich so keck auf der Straße angeredet. Sie wissen doch —

Blum.

Mich dünkt' ich hätte dies Gesicht in Frankfurt schon gesehen. (Aufregung.)

Stimmen.

An den Laternenpfahl mit ihm! Hängt ihn!
(Der Secretär wird hinausgeschleppt.)

Stimmen.

Robert Blum reden!

Blum.

Bedenklich folg' ich Eurem Rufe, der
Mich ehrt, doch auch zugleich mich überschätzt. —
Weil ihr der Zeiten Krankheit klar geschaut,
Verlangt ihr drängend nun mit Ungeduld,
Daß man der Heilung raschen Weg auch zeige —
Und noch lebt Keiner, der des Weges kundig. —
Allein was heut' des Denkers Schranke scheint,
Wer weiß, ob sie nicht morgen niederfällt.
Der Zeiten Geist gedeiht wie der des Kindes.
Des Weltalls Räthsel sind der Menschheit Amme,
Die stufenweis' mit Frage und Bescheid
Der Sinne wachsende Verklärung nährt,
Und was ein späteres Geschlecht erschaut,
Zu ahnen kaum vermag's die Gegenwart.
So ist die Wage auch, die Müh' und Lohn in
Ihren schwanken Schalen trägt, bis jetzt
Von keiner Hand in's Gleichgewicht gebracht. —

Drum schwerer als der Gegenwart Bedrängniß
Droht Euch die Noth der falschen Uebereilung. —
Wie zwischen Welken und Erblühen sich
Des Winters weite Oede dehnt, so liegt
Vom Grab des Alten zu des Neuen Wiege
Ein Dornenfeld des Elends ausgestreckt.
So ist's seit urvergangener Zeit — —
Wohl lockt des Mangels dumpfe Werbetrommel
Zu euren Fahnen ein stets wachsend Heer;
Doch hättet ihr den letzten Feind erschlagen,
Wer weiß, ob nicht die Wahlstätt allsogleich
Sich mit der Selbstsucht frischer Zwietracht füllt,
Und Kampfgenossen ihre Schwerter kreuzen. —
Des Baumes Haupt vom Stamme abzuschlagen —
Ein scharfes Beil vollbringt es rasch und leicht;
Jedoch den Wurzelschlingen nachzuspüren,
Aus tiefen Gängen sie herauszuholen —
Ist ungezählter Stunden schleichend Werk,
Und g'rade sie — die Wurzel gilt's zu treffen. —
Müßt ihr den Kampf mit Gott im Himmel führen?
Fürwahr! nicht erst seit gestern droht die Schlacht,
Und heilig ist sie, und nur sie entscheidet.
Doch wißt ihr auch, daß Gott unsterblich ist?
Nicht tödten könnt ihr ihn, er wird sich flüchten.
So gebt auf Erden selbst ihm ein Asyl,
Eröffnet ihm der eigenen Brust Verlies.
Macht ihn zum Hüter des Gedankenschatzes,
Und Segen bringt die göttliche Verwaltung. —
Nicht der G e s e t z e laute Paragraphen,
Der S i t t e stiller Fortschritt führt zum Heil.
Drum hütet euch, daß ihr des Auges Brücke
Zu kurz nicht spannet an die Zeit, wann einst
Der Ueberfluß die Ufer überschwemmt.
(Ein „Extrablatt" wird gerufen und hereingebracht.)

Zweiter Arbeiter.

Eine traurige Botschaft! (liest:) Die Ungarn sind vom Banus
Jelacic geschlagen und ziehen sich vor ihm zurück.

Stimmen.
Also von Schwechat weg! und überlassen Wien sich selbst!
Zweiter Arbeiter.
Und dem Henker Windischgraetz.
Stimmen.
Das ist Verrath. Verrath! (Die Versammlung löst sich auf, Blum tritt in den Vordergrund.)

Achter Auftritt.
(Blum und Bürgermeister.)
Blum (allein.)
Die Botschaft ist ein Todesstoß für Wien. — Wohl ist das Volk von Freiheitsdrang durchglüht, nicht fehlt ihm Tapferkeit und Opfermuth; doch seh' ich keinen Feldherrn, der's versteht, zerstreute Kräfte mit fester Hand zu sammeln. Gewalt die rohe, enggegliederte regiert den Krieg, und sie besitzt der Feind — nicht wir.
Bürgermeister.
Der Himmel sei uns Schwerbedrängten gnädig. Die Quellen unseres Widerstandes sind erschöpft, und der Gürtel der Belagerung legt immer enger sich um des Weichbilds Lenden. Dazu gesellt der Hunger sich, der Feind der Ordnung, denn der Vorrath geht zu Ende. — D'rum sollten Männer von Gewicht und Geltung zum Schutz gegen innere Verbrechen sich gemeinsam an dem Wachendienst betheiligen. So stellt durch mich der Stadtrath auch an Sie die Frage, ob Sie hilfreich ihre Hand zu diesem Dienste bieten wollen — zum Beispiel an der Spitze einer Milizkompagnie.
Blum.
Und haben Sie bedacht, daß ich in Wien ein Fremder bin, dem leicht die Eifersucht im Wege steht, zumal wenn er befiehlt?
Bürgermeister.
Ein Fremder — Fremder aus dem Reich — ist das Kommandowort nicht deutsch, und klingt es nicht heimisch an unser deutsches Ohr? Es wäre schlimm, von dem Kroaten erst zu lernen, wo unsere Heimath und das Ausland ist.

Blum.
Ich muß mir's überdenken.

Bürgermeister.
(Im Begriff zu gehen.)
So ist's natürlich nicht gemeint, Sie in Gefahr zu setzen.

Blum. (rasch.)
Ich bin bereit. Wo hab' ich mich zu stellen?

Bürgermeister.
In der Aula. (Bürgermeister ab.)

Blum.
„In Gefahr zu setzen," das war das rechte Wort mich anzu=
werben. Kam ich auch nicht hierher, um Waffendienst zu thun,
so widerstrebt's mir doch, mich im Schatten eines Winkels zu
verbergen. Wohin der Weg auch führen mag — ich geh.
(Blum ab.)

Neunter Auftritt.

(Hauptquartier des Fürsten Windischgraetz zu Hetzendorf. Windisch=
graetz und Adjutant. Im Hintergrunde Ordonanzen u. s. w.)

Windischgraetz
(eine Zeitung haltend.)
Das Blatt nennt sich mit Recht „der Radikale." In dieser
Frechheit ist fürwahr System. Hier gilt's dem Thron, der Kirche
und dem Adel, dem Hergott selbst, der doch die Drei bestellt, um
die gemeine Menschheit zu behüten, daß sie durch Unverstand nicht
Schaden leidet. — Das kommt von der Verschwendung gleicher
Rechte sogar an des römischen Reiches Kammerknechte. — —
Und dieser Erzrebelle Robert Blum beleidigt mich, und unter=
schreibt's mit Namen. — Er soll mir nicht entgeh'n trotz Hof und
Kaiser — doch besser wär's, wenn ich freie Hand bekäme. — Ich
bau auf meinen Schwager, den Fürsten Schwarzenberg.

Adjutant.
Vom Orte Schwechat her hört man Kanonendonner. Die
Ungarn sind im Kampf mit Banus Jelacic.

Windischgraetz.
Die Regimenter Parma und Latour soll man bereit zum Vorstoß halten. Sind uns die Waffen ausgeliefert in der Vorstadt Leopoldstadt? Ist's Ruhe dort?

Adjutant.
Des Grabes Ruhe, blos noch die Weiber heulen. Die zähe Gegenwehr der Rebellen hat ihnen nach dem Kampf noch Blut gekostet. — Die Jägerzeile hat auch sich kräftig gewehrt, doch ist sie jetzt unterworfen.

Windischgraetz.
Dort kommandirte Bem, der Pole. Habt ihr ihn? Das wäre ein erwünschter Fang.

Adjutant.
Man hat ihn nirgendwo gesehen, das heißt wohl im Gefechte überall, doch nachher weg wie ein Gespenst. — Die Vorstädte sind nun alle uns bis auf zwei: Rossau und Wieden.

Windischgraetz.
Ein Bataillon vom Regimente Paumgard sogleich zum Angriff!

Adjutant.
Sogleich Durchlaucht. (ab)
(Ein Diener bringt einen Brief.)

Windischgraetz.
Endlich, endlich spricht das Orakel. — Die Handschrift des Fürsten Schwarzenberg, (öffnet und liest:) vom kaiserlichen Hof in Olmütz — — „mit Robert Blum magst Du nach eigenem Ermessen zu Allem vorgehen" — — zu Allem — vorgehen. — — Den Reichstag soll ich schonen — er verdient es nicht; doch geb' ich in den Kauf ihn für Robert Blum.

Adjutant (eilig eintretend).
Dem Banus ist's gelungen, die Ungarn zu werfen. Sie ziehen eilig sich zurück.

Windischgraetz.
Wohlan denn zum Sturm. Mein Pferd!

(Der Vorhang fällt.)

Dritter Act.

Erster Auftritt.

(Eine Straße in Wien. Feuer in der Ferne. Schwarzgelbe Fahnen ausgesteckt. Verwundete vorbei getragen. Transporte von Gefangenen. Patrouille. Zwei Kroaten begegnen sich — der Eine mit einer Uhr, der Andere mit einer Uhrkette und sonstigem Plunder.)

Erster Kroat.

Schöne, schwere Kette goldene das.

Zweiter Kroat.

Ist auch dem Bürgermeister abgemaust.

Erster Kroat.

Gefällt mir sehr. Laß schauen.

Zweiter Kroat.

(Macht eine mißtrauische, abwehrende Bewegung.)

Erster Kroat.

So tausch, Kamerad. Gib Dir die Uhr, giebst mir die Kette Deine.

Zweiter Kroat.

Topp Kamerad. — Nun hast 'n Kette, aber keine Uhr dazu.

Erster Kroat.

Dummerjan! Hab noch drei andere in der Taschen. (Beide ab.)

Zweiter Auftritt.

(Robert Blum.)

Blum.

Täuscht mich ein Zauberbild aus alter Zeit,
Als noch der Sieger kein Erbarmen kannte,
Und Leichen in der Städte Schutt begrub?

Hat die Natur sich denn verkehrt, und stockt
Das Leben, während sich der Tod bewegt? — —
O mitleidwerthes Wien!
Hat dich der Freiheit kurzer Aufenthalt
Denn so entehrt, daß Blut= und Feuertaufe
Dich für den Kaiser wieder weihen muß? — —
Und durch die Lüfte heult's wie von Schakalen,
Kroaten sind's — sie plündern, schänden, morden,
Gut kaiserlich sind die Barbarenhorden. —
Du wirst, Haus Habsburg, einst dafür noch büßen,
Daß du das wilde Slavenschwert gebrauchst,
Um deine deutsche Hauptstadt zu bestrafen,
Daß statt der Völker Eintracht, statt der Treue,
Dem Haß, dem Zwiespalt du die Macht verdankst.

Dritter Auftritt.

(Blum und Marie.)

Marie.

Schnell fort, Herr Blum, aus dieser Straße hier! Es droht Gefahr im längeren Verweilen. Der nächste Augenblick — —

Blum.

Ich hatte sattsam die Gelegenheit, des Ortes und der bösen Zeit Gefahren von Angesicht zu Angesicht zu sehen, und möchte nicht mit Flucht den Tag beschließen.

Marie.

Soeben haben sie von meiner Seite den Bräutigam in Fesseln weggeführt, Herrn Jelineck, den herzensguten Mann. Und wie sie's noch so rauh und plump gethan. Mich faßte erst der Zorn, und ich machte Widerstand; doch sie verhöhnten mich. Dann bat ich auf den Knien — umsonst, sie haben ihn mit fortgenommen. (weint.)

Blum.

Mein Kind, so ist gewiß noch manche Braut in Noth.

Marie.

Dann wollt ich ihn begleiten — er ist ja kaum genesen, und auch das verwehrten sie. Da hat er schnell mir aufgetragen, Sie aufzusuchen und zu warnen.

Blum.

Mit mir ist es ein besonderer Fall, mein Kind. Die Mahnung ist dankeswerth, jedoch ich bleibe. —

Marie.

Man weiß, daß Sie an der Sophienbrücke im Feuer standen, sagte Herr Jelineck, und rühmt den Muth und Ihre Führung der Compagnie dem Feind zum Schaden, und daß ein Granatensplitter Sie an der Hüfte getroffen.

Blum.

Was ich gethan, war eine Ehrenschuldigkeit. Es ist weder Vortheil noch ist's werth, davon zu reden. — Was mehr mir Sorge macht, das ist das Loos der Freunde.

Marie.

Ein schlimmer Trost Mir bricht das Herz.   (weinend ab.)

Vierter Auftritt.

(Blum.)

Wie wird mein eigenes, braves Weib um mich sich Sorge machen, und mit Ungeduld dem Tag des Wiedersehens entgegen harren. — Wie sehne ich mich nach der Seligkeit, die Theueren wieder an mein Herz zu drücken in der Heimath, im bescheidnen Haus. — Ich bin ermüdet, erschöpft, und mir ist es im Gemüthe, als möchte ich von Menschen fern, in stiller Einsamkeit, und sei's im Urwald, meine Hütte bauen. —

Fünfter Auftritt.

(Blum, Offizier mit Mannschaft.)

Offizier.

Ihr Name Herr!

Blum.

Ich heiße Robert Blum.

Offizier.
Im Namen seiner kaiserlichen Majestät und auf Befehl des Feldmarschalls verhafte ich Sie.

Blum.
Mein Name allein darf nicht dem Feldmarschall genügen. Wie man mich heißt, erschöpft nicht, wer ich bin, und läßt noch Raum für Ihres Auftrags Irrthum.

Offizier.
Ich hab nicht Lust, noch weniger ein Recht, nach Weiterem zu fragen, als mir befohlen.

Blum.
Es könnte sonst das Recht auf geradem Wege zum Unrecht führen. Keiner ist befugt in Oestreich — —

Offizier.
Das mögen Sie vor seiner Durchlaucht selbst — —

Blum.
Ich will den Fürsten sehen.

Offizier.
Und unbedenklich greif ich zur Gewalt (winkt den Wachen.)

Blum.
Nur dieser weiche ich. Sie melden mich dem Fürsten. (Alle ab.)

Sechster Auftritt.

(Hauptquartier des Fürsten in Wien. — Windischgraetz, Adjutant, Ordonanzen.)

Windischgraetz.
Den Bericht, Herr Adjutant.

Adjutant.
(ein Papier haltend.)

Die Stadt ist ruhig, leer die Straßen und die Patrouillen melden keine Störung.

Windischgraetz.
Sieht man noch deutsche Fahnen?

Adjutant.
Nein, Herr Feldmarschall, aber Oestreich's Fahnen desto mehr.
Windischgraetz.
Wie steht's mit unserer Truppen Mannszucht?
Adjutant.
So nach und nach kühlt sich die Wuth der Leute ab — gewissermaßen. Nur hier und dort hört man noch jammern, fluchen, und der Kroat verlegt sich mehr auf's Stehlen.
Windischgraetz.
Das wird von selbst sich adjustiren. Und sonst?
Adjutant.
Das Standgericht hat alle Hände voll. Und die von Durchlaucht bestätigten Strafen sind bereits vollzogen durch Blei und Galgen.
Windischgraetz.
Und weiter!
Adjutant.
(ein Papier überreichend.)
Hier ist das Protokol und Urtheil über den Zeitungsschreiber Jelineck. Des Gerichtes Spruch lautet auf Tod am Galgen. Ich bitte um Eurer Durchlaucht Unterschrift.
Windischgraetz.
S'ist gut, daß wir den Burschen haben. Ich hasse dieses Schreiberpack — höchst lästig für Soldat und Edelmann — keine Disziplin, kein schuldiger Respekt. Sie wissen Alles besser, als der Kaiser selbst.
Adjutant.
Auf ihre ungewaschnen Schnäbel reimt sich am besten unser Säbel.
Windischgraetz.
Sind meistens auch von gemeinem Blute, ein Bauernschlingel oder gar ein Jude.
Adjutant.
Auch Jelineck ist von Geburt Hebräer.
Windischgraetz.
Weiter, Herr Adjutant.

Adjutant.

Ein wohlbeleibter Bürgersmann verlangt die Gnade der Audienz bei Durchlaucht. Auf einem großen Stück Papier hat er eine lange Liste von Demagogen.

Windischgraetz.

Nein, nein! ich mag den Wicht nicht sehen. Noch mehr als die trotzigsten Rebellen ist dieser Patrioten=Pöbel mir zuwider. (Man hört Jammern und Verhöhnung hinter der Bühne.)

Adjutant.

Das ist die Mutter jenes Jelineck. Schon lange ertragen wir ihr Bitten und Wimmern. Sie will durchaus Euere Durchlaucht sehen. Sie klammert sich an die Wachen und rauft mit ihnen — die alte Frau, 's ist komisch anzuschau'n.

Windischgraetz.

Ich will dem Lärm ein Ende machen. Laßt sie herein. (Adjutant ab.)

Siebenter Auftritt.

(Windischgraetz und die Mutter Jelineck's.)

Mutter.

Durchlauchtigster und gnädigster Fürst! Der allmächtige Vater aller Menschen behüte Sie und meinen armen Sohn! Ich weis, Sie sind nicht bös von Herzen, und lassen sich erweichen, das gerichtlich Urtheil — o wie schrecklich — nicht auszuführen an meinem lieben, guten Kind.

Windischgraetz.

Warum sollt' ich nicht? der Spruch des Standgerichtes ist ein gerechter, und Ihr Geschrei und Weinen macht ihn nicht ungerecht.

Mutter.

O großer Fürst! Herr General! o haben Sie Erbarmen mit einer armen Mutter. — Ich weiß, ich bin ein so niedriges Geschöpf, und Sie sind ein so gewaltig großer Herr — wie oft haben Sie schon einem Bettler was geschenkt — o schenken Sie mir mein Kind. Es ist ja unser Einer doch nichts werth für Sie —

und so ein kleines Almosen macht mich so reich und glücklich. — Barmherziger Fürst! — mein Sohn, mein Sohn —

Windischgraetz.

Gering genug wäre wohl die Gabe; doch muß ich auch die Kleinigkeit versagen — an die Mutter eines schlecht erzogenen, schlecht gerathenen Sohnes.

Mutter.

(Erregt.) Schlecht gerathen?! — — großer Gott! das darf der Fürst nicht sagen. — Wie manche Mutter hat mich schon um ihn beneidet. Ja ich habe mich versündigt. Ich bin zu eitel und zu stolz auf ihn gewesen. — Nicht gut gerathen — Ihr eigenes Kind kann ja nicht besser sein. — Herr Fürst und General, das war nicht recht gesprochen. — Mein Kind, mein Kind!

Windischgraetz.

Schafft mir das Weib aus meinen Augen!
(Die Mutter wird zurückgewiesen und sinkt in Ohnmacht.)

Achter Auftritt.

(Die Vorigen und Marie.)

Marie.

(Die ersten Sätze zurücksprechend und rasch, sie ist in Trauer und trägt ein großes silbernes Kreuz um den Hals.)

Dem Kaiser selbst ist Keiner so gering, daß ihm ein gnädiges Gehör verweigert wird. Da wird wohl auch der Feldmarschall nicht stolzer sein, als sein kaiserlicher Herr.

Windischgraetz.

Schon gut. — Gesetzt den Fall, ich wäre auch nicht stolz — mit einem Wort ich wär' der Kaiser selbst — in welcher Art kann ich ihr hilfreich sein?

Marie.

Herr Fürst, ich bitt um Gnade.

Windischgraetz.

Um Gnade? Für wen? — Bring sie's kurz und mit Anstand vor.

Marie.
Um Gnade bitt ich für Jelineck. — So brav und gut wie er sind wenig Menschen, und ich bin seine Braut.
Windischgraetz.
Für Jelineck? — und sie ist seine Braut? — Vernehm ich recht? Trägt sie als frommen Schmuck des Erlösers Bild nicht am Halse? Ein christlich Frauenzimmer sie, und er — — (für sich) so greift das Gift der Freiheit und Gleichheit schon jetzt die heilige Kirche selber an.
Marie.
Herr Fürst, o schonen Sie doch mir zuliebe den Bräutigam. Er ist noch ein so junges Blut. Den Gram könnt' ich nicht lange überleben.
Windischgraetz.
Ist er erst todt — wird sie ihn bald verschmerzen, es findet sich ein Anderer unterdessen. (ab.)
Marie.
Wie?! — Was mußt' ich hören?! — So spricht ein Fürst, ein Edelmann zu mir in meinem Weh? So muß mein krankes Herz er noch dazu verwunden, weil ich nicht hochgeboren bin? — Kein Bauerknecht in meinem Dorf, so unmanierlich sie auch sind, hätt' mich boshaft im Elend so gekränkt. — O Jelineck wie gerne wollt ich mit Dir sterben; jedoch auf's Knie zu fallen und weiter hier zu bitten, das kann ich nicht, und gelte es für uns beide die ewige Seligkeit.
Mutter.
(hat sich etwas erholt und richtet sich lauschend auf.)

Hab' ich geträumt? hat das Mädchen nicht genannt den Namen meines Sohnes, und als seine Braut gebeten um sein Leben?
Marie.
(auf sie hineilend.)

Ja Mutter es war kein Traum. Du hast das Wirkliche gehört, und schrecklich ist's, daß ich an dieser Unglücksstelle zum erstenmal die Mutter meines Jelineck sehen darf. Wie haben wir im traulichen Geplauder oft nach Deinem mütterlichen Segen uns gesehnt.

Mutter.

So schenkt der Himmel mir eine Tochter, daß ich nicht trauern muß so gar zu einsam. — Der Herr hat's genommen, der Herr hat's gegeben, der Name Gottes sei gelobt!

Marie.

Nun laß uns schnell den traurigen Ort verlassen. Lieb Mütterchen, ich führ' Dich heim.

Mutter.

Und bleibst bei mir für alle Zeit.

Marie.
(Als die Mutter das Kreuz bemerkt.)

Du siehst das Kreuz nicht gern, ich denke mir's. Dein Sohn hält auf den Heiland große Stücke, und nennt eine Zierde ihn des jüdischen Volks, und rühmte seine Weisheit, seinen Edelsinn, daß für die Armen er sein Leben hergegeben.

Mutter.

So sagte er? Nun ist ja Alles recht. Wenn man so viel gelernt hat, wie er — — wir wissen ja so wenig — darin liegt's. Erzähl' mir nur von meinem armen Kinde den ganzen Tag. Besinne Dich auf jedes Wort. (Beide ab.)

Neunter Auftritt.

(Windischgraetz in voller Uniform durch eine Seitenthüre, dann der Adjutant, durch die Hauptthüre.)

Windischgraetz.
(Setzt sich an den Schreibtisch.)

Hier! Das standgerichtliche Urtheil über Jelinek von mir bestätigt. Gebt ihm die Kugel statt des Galgens.

Adjutant.

Durchlaucht erinnern sich, daß Sie dem Robert Blum die unverdiente Gnade der Audienz bewilligt. Er steht zu Befehl.

Windischgraetz.

Nicht wahr, mit Waffen wurde er ergriffen? Ist's nicht so?

Adjutant.

Das nicht; doch haben wir die beste Zeugenschaft, daß er an der Sophienbrücke kommandirte. Man rühmt sogar, daß er im Feuer sich mit kaltem Muth benommen.

Windischgraetz.

Nun, das genügt. Die Wache soll ihn bringen.
(Adjutant ab.)

Zehnter Auftritt.
(Windischgraetz und Robert Blum.)

Windischgraetz.

Nicht sollte ich den Rebellen vor mich lassen, da ich des Kaisers erlauchte Gegenwart hier vertrete, und nur vor den Schranken des Standgerichtes ist Ihr Platz. — Wohlan jedoch, was soll ich hören nun?

Blum.

Erklärlich ist's, daß im Getös der Waffen, im Siegesjubel der Fürst absichtslos des Rechtes und des Brauches Stimme überhört. — In Frankfurt tagt das Deutsche Parlament, um aus des alten Reiches zerstreuten Trümmern auf besserem Grund ein neues aufzubauen. Und wem es auch die künftige Herrschgewalt anvertrauen mag, jetzt thront die Majestät im Parlament. — Ich bin ein Theil von dem erlauchten Haus, und wo ich weile, folgt mir sein Schutz. Drum gibt erst von dorten die Gewährung dem Lande Oestreich ein Recht, mich zu richten.

Windischgraetz.

Wer jetzt das neue Reich regiert, und wie? — Das ficht mich wenig an; doch wär' ich als Soldat gespannt, wieviel Musketen, Pferde und Geschütz die Parlamentsarmee wohl zählt. — Ich hasse dieses Spiel der Parlamente. Der Reichstag hier ist in der Seele mir zuwider, und der da draußen gar in Frankfurt.

Blum.

Und ist dort des neuen Reichs Verweser nicht ein Prinz aus Habsburg's kaiserlichem Haus?

Windischgraetz.

So wird vom Volk die Staatskunst falsch gedeutet. Was gestern für hohe Zwecke brauchbar schien, mag heute schon unbequem — vergessen sein. Ich sehe fürwahr den Vortheil Oestreichs nicht, am Bau des Deutschen Reiches mitzuhelfen.

Blum.

Aus eines deutschen Edelmannes Mund dies zu hören, setzt mich in Staunen. Es rühmt die Welt an uns die Offenheit, die Treue — und Sie ein deutscher Fürst.

Windischgraetz.

Ein deutscher Fürst — wie kleinlich klingt auch dies. Ich bin aus fürstlichem Geschlecht, Vasall des Kaisers; doch nicht an Stadt und Dorf, wie Bürger oder Bauersmann, gebunden — beschränkt auch meinen Stand der Länder enge Grenze. Ich zähle zu Europa's hohem Adel.

Blum.

Und unser Deutschland ist Europa's Herz.

Windischgraetz.

Sein böser Geist — wäre treffender gesagt. — Seitdem Ihr Landsmann zu Mainz am Rhein die schwarze Kunst des Bücherdrucks erfunden, gibt's nur Gelegenheit zum ewigen Widerspruch. Und gar der Augustinermönch, der Ketzer, verscheucht die Eintracht aus der ganzen Christenheit, die vorher friedlich unterthänig dem Thron gewesen und dem Vatikan.

Blum.

Und weiß der Fürst, daß dieses Vorwurfs Hülle den höchsten Preis des Ruhmes birgt? Wohl haben jene Thaten die Geduld des zufried'nen Knechtsinns aus dem Schlaf geschreckt. Doch glorreich war's für Sieger und Besiegten, als kühn und wild die Geisterschlacht entbrannte. — Ein tückisch falscher Schmeichler ist der Friede, eine Blume, die nur auf Gräbern wächst. — Dem Widerspruch und Kampf allein entsproßt der ewig blüthenreiche Lebensbaum. — Drum mag ein jedes Volk des Abendlandes um jene beiden Sünden uns beneiden.

Windischgrätz.
Und wirklich hat so manche Geisterschlacht Europa's Länder da und dort entkörpert. Davon weiß Oestreich auch ein Lied zu singen. — Und war an dem Aufruhr hier nicht die Verschwörung schuld, die zwischen Wien und Frankfurt wühlte? Ist die Parole nicht der Abfall unserer Provinzen, der deutschen, an das neue Reich? — Und Sie! Der Verdacht ruht auf gutem Grund, daß Sie hierher geschickt, um nachzusehen, ob für den Schnitter schon die Ernte reif.

Blum.
Ein Ammenmärchen, ein Gespenst, mein Fürst! Wenn heute Oestreich sich zersetzte, und von ihm sich losgetrennt die deutschen Länder, da wäre unter Allen ich der Letzte, der sie an's neue Reich zu schmieden hilft, wie man in Frankfurt es errichtet. — Der Freien Einheit will ich, nicht der Knechte. — Jedoch — es drängt vom Herzen sich zum Mund. — Wenn einst erlöst von Kaisern oder Fürsten auf stolzem Kapitol des Volkes Boten in der Gesetze Majestät erscheinen — — dann Herr Fürst und Feldmarschall, dann mag das Erzhaus Habsburg wohl sich hüten, daß seiner Krone schönste Perlen nicht auf die deutsche Erde fallen.

Windischgratz.
(Winkt den Wachen, Blum abzuführen.)

So spricht die Hoffnung nicht, nur die Verzweiflung. (Zum Adjutanten) Sogleich und hier soll ihn das Standgericht vor seine Schranken stellen! (Will abgehen.)

Adjutant.
Sogleich, auf Eurer Durchlaucht Befehl. Vergebung, wenn im Dienst ich lästig falle. Der Bürgermeister und Rath von Wien erbitten das geneigte Ohr des Fürsten.

Windischgratz.
Und was begehren diese Schelme?

Adjutant.
Sie sprechen von Beschwerden.

Windischgratz.
Beschwerden?! Das trifft sich schlecht zu meiner Laune. Sie sollen kommen. (Adjutant ab.)

Elfter Auftritt.

(Windischgraetz und Bürgermeister.)

Bürgermeister.

Gefallen möge Eurer Durchlaucht der Wiener Bürgerschaft gehorsamst Grüßen.

Windischgraetz.

Aus welchem Grund fallt Ihr mir lästig? Was wollt Ihr? Macht es kurz.

Bürgermeister.

Die altangesessene Bürgerschaft der guten Stadt Wien verzweifelt in arger Noth. 's ist recht, auf jedes Vergehen muß Strafe sein. Doch Alles dürft' sein Maß und Ende haben. So sollte auch die Wuth des Militärs, besonders der Kroaten, genug jetzt sein. Die Straßen rauchen von immer frischen Feuern, sie lassen nicht das Plündern, und will Jemand sein Eigenthum beschützen, gleich sind sie da mit ihren Säbelspitzen.

Windischgraetz.

Ihr glaubt, der Straf' und Buße wär's genug. — Darüber denk' ich selbst durchaus verschieden. Ihr seid verzogen von der alten Zeit, könnt nur die Lustbarkeit und gute Kost vertragen. Thut Euch was darauf zu gut, daß man das leichte Blut des Wieners rühmt. — Ich möcht' mit Nachdruck Euch empfehlen, beschimpft nicht meine wackeren Soldaten! Ihr müßt es aus dem Fundament verspüren, daß Ihr mit Undank Euerem Kaiser gelohnt, und von Demagogen Euch habt verführen lassen. Reizt nicht noch mehr — — (ab.)

Bürgermeister.

Fürwahr, verächtlich klingt des Fürsten Rede. Statt tröstlicher Ermahnung Spott und Hohn. O, armes Wien! (ab.)

(Während der letzten Worte des Bürgermeisters werden die Utensilien für die Sitzung des Standgerichtes hereingebracht.)

Zwölfter Auftritt.

(Präsident des Standgerichtes, Schreiber, Auditor, Hauptmann, Lieutenant, Feldwebel, Korporal, Gefreiter, Gemeiner, Profos.)

Präsident.

Profos, bringt den Angeschuldigten herein! (Profos geht und holt Robert Blum.)

(Zu Robert Blum.) Wie heißen Sie?

Blum.

Robert Blum.

Präsident.

Wo geboren?

Blum.

In Cöln am Rhein.

Präsident.

Wie alt?

Blum.

40 Jahre.

Präsident.

Ihr Stand?

Blum.

Buchhändler und Mitglied des Deutschen Parlaments.

Präsident.

Welche ist Ihre Religion?

Blum.

Keine von den bestehenden.

Präsident.

Keine?

Blum.

Keine. Vater und Mutter waren römisch-katholisch.

Präsident.

Seit wann in Wien?

Blum.

Seit Mitte Octobers.

Präsident.

Herr Auditor, verlesen Sie den Klageakt.

Auditor.

Robert Blum, allhier vor den Schranken des kaiserlichen Standgerichtes, ist angeklagt, daß er am Aufruhr gegen kaiserliche Regierung sich in hiesiger Stadt betheiligt, durch staatsgefährliche Reden, wie auch durch Schrift und Druck das Volk verhetzt. Sodann hat er die Waffen auch ergriffen, als Kommandant an der Sophienbrücke gegen kaiserliches Militär. — Dies alles ist durch Zeugenschaft erwiesen, wie aus den Akten zu ersehen.

Präsident.

Und hat nun der verklagte Robert Blum vernommen, was gegen ihn so hervorgebracht — dann ist zu Einwand und Vertheidigung ihm das Wort erlaubt.

Blum.

Seitdem die Hauptstadt für den Kaiser zurückerobert, die gar nicht von ihm abgefallen war, geschah so viel des Unerhörten, daß meine eigene Belastung mich nicht wundert. — Wohl mag, was ich gesprochen und geschrieben, so manchen hochgestellten Herrn verdrossen haben, doch war's kein Hochverrath, da schon im März das Wort ward freigegeben. Auch galt mein Waffendienst dem Umsturz des Thrones nicht, denn wie die gesperrten Thore Wien's stets dem Kaiser sich geöffnet hätten, so war das Volk auch offen für friedliche Verständigung. — Doch will ich nicht, daß als Vertheidigung Ihr die eben vorgebrachten Worte nehmt. — Ich bin ein Glied des Deutschen Parlaments, und ihm zuerst gebührt die Rechenschaft. Mich vorher morden könnt ihr, doch nicht richten.

Präsident.

Herr Auditor, sind Sie gewillt zu weiterem Bemerken?

Auditor.

Mit nichten, Herr Major. Er ist der Schuld geständig.

Präsident.

Und sind die Richter zu dem Spruch bereit?

Richter.

Wir sind's!

Präsident.
Profos, führt den Gefangenen zurück! (mit Blum ab.) Wohl einer der gefährlichsten Verbrecher, ein Feind der Ordnung ist dieser Mann. — Ich werde jetzt den Spruch der Herren befragen. Herr Hauptmann? „schuldig." Herr Lieutenant? „schuldig." Herr Feldwebel? „schuldig." (er deutet nach den anderen mit der Hand, sie rufen „schuldig.") Im Namen kaiserlicher Majestät erkläre ich den Robert Blum für schuldig des Hochverraths und der Rebellion. Nach kaiserlicher Standrechtsatzung steht auf die ihm nachgewiesene Schuld der Tod (er unterschreibt das ihm gereichte Protokoll.) Herr Auditor, nun steht's bei seiner Durchlaucht, das Urtheil gutzuheißen, und weiteren Befehl zu geben. Und unser Amt ist der schleunige Vollzug. (Alle ab.)

Dreizehnter Auftritt.
(ein Kerker—Blum, später Auditor.)

Blum.
Euch stummen Kerkermauern darf ich's klagen. — O, deutscher Arm, der römische Legionen im ungestümen Freiheitstrieb vernichtet, wie kommt's, daß jetzt kein Sieg für Freiheit uns gelingt? — Wohl ist die Kraft geblieben, allein der Trieb, der Freiheitstrieb, er scheint gealtert. — Verdient der heimgeborene Tyrann denn nicht ein größer Maaß des Hasses als der fremde Unterjocher? (Pause.) Ja, das ist's. Zu hoch und stolz erhoben unsere Denker sich und ließen unbelehrt das Volk zurück. — Des Lichtes Fülle dort, und unten Nacht. Die steilen Burgen unserer Geisteshelden trennt eine brückenlose Kluft von des gemeinen Mannes niederen Zelten.

Auditor.
Im Namen Seiner Majestät des Kaisers. Nach Befund des Hohen Standgerichtes und der Bestätigung des Feldmarschalls sind Sie, Robert Blum, des Hochverraths und Aufruhrs schuldig, und demgemäß zu Recht erkannt, daß Sie als Strafe nun den Tod erleiden.

Blum.
Und solche Eile hat des Feldmarschalls so rechtlos angemaßte Strafgewalt?

Auditor.

Es sind nur wenige Stunden noch in diesem Leben Ihnen zugemessen. Was Sie zu ordnen haben, leidet nicht Verzug. (ab.)

Blum (während er sich mit Schreiben und einem Packete beschäftigt.)

Zu rasch trifft mich das schreckliche Geschick, —
Zu plump werd' in den Abgrund ich gestoßen. — —
Zur Schlachtbank geht für dich, mein Vaterland,
Ein Opfer, reich geschmückt mit Bürgerehren. —
Wer zählt sie alle, die vorausgegangen?
O, theures Land, entbehrlich bin ich Dir,
An beff'ren Männern fehlt Dir's nicht,
Und kommen wird der Tag,
Der über einem freien Deutschland scheint.
Nicht erntelos bleibt dieses Frühlings Saat. —
Wer wird für sie — für Weib und Kinder sorgen?
Ich höre sie jammern, weinen!
Es sieht des Vaters Auge die vaterlosen Waisen.

Vierzehnter Auftritt.

(Blum und ein Klosterpater.)

Pater.

Nicht Ihr Wunsch noch mein eigener führt mich hierher. Meines Klosters Brauch befiehlt mir den Besuch des Sterbenden.

Blum.

Ein Menschenantlitz zwischen Henkers-Larven. Nicht unwillkommen ist mir diese Gunst — dem Glauben nur und nicht den Gläubigen galt meines Denkerkampf's Erbitterung.

Pater.

Dem Irrthum feind — vergönnt die Kirche dem Verirrten doch die Rettung seiner Seele.

Blum.

Die Seele —, ist das Räthsel jetzt gelöst? — Ist sie es, die alles Fleisch belebt und tödtet? Wo ist ihr Sitz im Menschenleib? Wer weiß, woher sie kommt, und welche Zelle ihr den Einlaß öffnet und des Ausganges Pforte? Und wer entdeckte der Verschwundenen Spur hinauf, hinab — ?

Pater.

Fürwahr, das ist doch Gotteslästerung. Wie mag der Mensch so stolz dem himmlischen Vergelt entsagen? Wie erhaben steht des Christen Demuth über diesem Trotz!

Blum.

Von Selbstsucht frei gewinnt an Werth das Gute

Pater.

Der Schwäche Trost ist nur allein die Gnade. Auf sie verzichten ist Versündigung.

Blum.

Sie wäre es, wenn aus eitlem Uebermuthe der Leugner sich an Wissen überschätzte. Doch ohne Wahl ein ungebetner Gast, drängt sich der Zweifel in die Menschenbrust, die auch das Mönchsgewand nicht sicher schützt.

Pater.

So macht der Freigeist sich das Sterben schwer.

Blum.

Ja schwer für Den, der aus des Daseins Licht an der Vernichtung schauerliches Thor den Zeiger seiner Uhr begleiten muß. — Im ungestörten Gange der Natur jedoch verliert Vernichtung ihre Schrecken. — Sowie am rosenreichen Stock die Erstgeborene allmälig ihren Duft verliert, bis aus gesenktem Kelche Blatt um Blatt entfällt, des Stengels Saft vergeht, und sie zuletzt ein Hauch zur Erde weht; so sollte auch die Menschenblume welken. Des Hauptes Quelle trocknet und versiegt, umschleiert wird der Blick des Auges; Welt, Gedanke und das Gefühl des eigenen

Seins verschwimmen formenlos in Dämmerung. Das Herz verarmt an Wünschen wie an Blut, der Leidenschaften Erbgut ist längst verzehrt, und um des Hauses leere Trümmer schleicht die Nacht, des Schlafes stille Pflegerin. (Eine Glocke läutet.) Was ist des Glockenrufes Bedeutung? (der Pater umarmt Blum. Profos mit Wachen zeigt sich.) Ich bin bereit. — — Nur eine Bitte noch. (Er reicht dem Pater Brief und Packet.) Den Brief an mein armes Weib, und diese Angedenken für sie und die theueren Kinder — wie's im Briefe angeordnet. (Blum nimmt den Arm des Pastors, und geht von den Wachen gefolgt.)

(Der Vorhang fällt.)